アチチの小鬼《こおに》

岡田 淳◆作　田中六大◆絵

偕成社

アチチの小鬼《こおに》

もくじ

サキザキくんの特技《とくぎ》

「こないだ食《た》べさせてもろたパンな、クロ……」

おじいちゃんが「クロ」でとまったとき、ぼくはすかさずつづけてあげた。

「ワッサン。」

「そうや、クロワッサンや。」

そうゆうてからおじいちゃんはぼくをみて、それから空《そら》をみた。公園《こうえん》のベンチにふたりですわってたときのことや。

「クロワッサンがどないしたん？」

ぼくがきいたら、おじいちゃんはにやりと笑《わろ》た。

「クロワッサンはそのへんにおいとこ。それよりおもしろい話《はなし》

を、いま思《おも》いだした。うん、サキザキくんの話《はなし》や。」

「サキザキくん？」

「小学校《しょうがっこう》のときの友《とも》だちや。ほんまは、坂崎《さかざき》くんゆうねんけどな。みんなサキザキくんゆうとった。」

「なんか、先《さき》にするのん？」

「先《さき》にゆうんや。坂崎《さかざき》くんがその特《とく》技《ぎ》に目《め》ざめたんは……。」

「特技《とくぎ》に目《め》ざめた？」

「そうや。あれはもう特技《とくぎ》やったなあ。

坂崎《さかざき》くんがその特技《とくぎ》に目《め》ざめたんは、理科《りか》の時間《じかん》やった。

先生《せんせい》が『地球《ちきゅう》と太陽《たいよう》の間《あいだ》に月《つき》がはいって太陽《たいよう》がかくれる、それを……』とゆうたとこで止《と》まってしもた。先生《せんせい》がそんなん知《し》らんわけがない。ど忘《わす》れゆうやっちゃ。そのとき坂崎《さかざき》くんが『日食《にっしょく》。』ゆうて口《くち》をだした。先生《せんせい》、それをほめたんやな。

『ようゆうてくれた。』ちゅうて。それで坂崎《さかざき》くん、すっかり気《き》をよくしてしもた。

さあ、それからちゅうもん、

ひとがなにかいおうとしたら、先《さき》に先《さき》に、ゆうようになってしもたんや。

こまったんは先生《せんせい》や。

『感想文《かんそうぶん》を……』と先生《せんせい》がゆうたら、坂崎《さかざき》くんが『書《か》きなさい。』といい、『運動場《うんどうじょう》に……』と先生《せんせい》がゆうたら、坂崎《さかざき》くんが『でなさい。』という。もういちいち先《さき》に口《くち》をだされる。

『そないになんでも知《し》ってるんやったら、もうきみが……』と先生《せんせい》がゆうたら、坂崎《さかざき》くんが『授業《じゅぎょう》をやりなさい。』とゆうた。

このときには、みんなあきれたな。」

おじいちゃんは空《そら》をみて、ひとり笑《わろ》た。坂崎《さかざき》くんのことを思《おも》いだして笑《わろ》たんか、つぎにしゃべることを思《おも》いついて笑《わろ》たんか、よォわからん。

「おじいちゃんは坂崎《さかざき》くんとはなかよしやった。そやからおじいちゃんとしゃべるときもそんな調子《ちょうし》や。

『きのう釣《つ》りに……』とおじいちゃんがゆうたら、『いったんか。』と坂崎《さかざき》くんが先《さき》にいう。先《さき》にいわれるとなにやら気《き》がぬけて、へなへなとなって『うん、いったんや。』ゆうて、話《はなし》をつづける気《き》ィがなくなってしまう。

この、先《さき》にゆうてしまうゆうのんのいかんとこは、相手《あいて》の気《き》がぬけてしまうとこやな。しまいには先生《せんせい》やないけど、もうきみがひとりでしゃべってくれ、ゆう気分《きぶん》になる。先《さき》に先《さき》にしゃべるんやから。みんなはだれも坂崎《さかざき》くんゆうて呼《よ》ばへん。みんな、サキザキくんサキザキくんゆうて、あんまり相手《あいて》にせんようになってしもた。」

「それはそれでかわいそうやな。」

「うん、かわいそうやった。ところが坂崎《さかざき》くん、ヒーローになった。」

「ヒーロー？」

「そうや。郵便局《ゆうびんきょく》にな、ナイフもった強盗《ごうとう》がはいりよってん。その場《ば》に坂崎《さかざき》くんがおったんや。だれが通報《つうほう》したんか、表《おもて》には警官隊《けいかんたい》。人質《ひとじち》は坂崎《さかざき》くんをいれて五人《にん》ほど。犯人《はんにん》は百万円《まんえん》と逃《とう》走用《そうよう》の車《くるま》を要求《ようきゅう》しとる。」

「えらいこっちゃ。」

「そや。えらいこっちゃ。『ナイフを捨《す》ててでてきなさい。』ゆう警察《けいさつ》にむかって犯人《はんにん》は叫《さけ》ぶ。

『わしは、こんな世《よ》の中《なか》は……』

そこまできいたら坂崎《さかざき》くん、身《み》についたくせはおそろしいなァ。

『がまんでけん！』

と叫《さけ》んだ。犯人《はんにん》、ぎょっとして、ちょっと気《き》がぬけたな。へなへなっとなって、ちからのない声《こえ》で『そうじゃ。がまんでけん。』ゆうてな。そやけど犯人《はんにん》も気《き》をとりなおして叫《さけ》びなおす。

『そやからもう』とゆうたとこで、その続《つづ》きを坂崎《さかざき》くん、

『どうなってもええんじゃ。』
犯人《はんにん》、へなへなっと気《き》がぬけてうなずいてしまう。

『そや、どうなってもええ。』
気分《きぶん》をたてなおして犯人《はんにん》が
『どないなことがおこっても』とゆうたら、
『わしは知《し》らんぞ。』と坂崎《さかざき》くんがつづける。
そこで犯人《はんにん》、しみじみと坂崎《さかざき》くんをみて、
『おまえ、わしの気持《きも》ちが』
とゆうたところで、

『わかるんか！　おう、わかる！』と坂崎《さかざき》くん。

それをきいて犯人《はんにん》、目《め》に涙《なみだ》。いや、ひとに気持《きも》ちをわかってもらえるゆうのんはうれしいもんや。

『わかってくれるか！　こうなったらもう、おまえとわしは』

犯人《はんにん》がゆうた続《つづ》きを坂崎《さかざき》くん、『兄弟分《きょうだいぶん》や！』

犯人《はんにん》、泣《な》いてナイフを捨《す》てて自首《じしゅ》しよった。」

「よかったやん。」

「よかったんや。坂崎《さかざき》くん、警察《けいさつ》に表彰《ひょうしょう》されて新聞《しんぶん》にのって、ヒーローや。」

「芸《げい》は身《み》をたすける、ゆうやっちゃなあ。」

聞
おてがら小学生!

「古《ふる》いことばを知《し》っとんなァ、そのとおりや。ヒーローになって坂崎《さかざき》くん、ますます調子《ちょうし》にのって、ひとの話《はなし》に口《くち》をだすようになった。

そんなとき、学芸会《がくげいかい》があったんや。」

「ガクゲイカイって、なに？」

「ああ、今《いま》はないんか。全校《ぜんこう》で歌《うた》や合奏《がっそう》や劇《げき》をする会《かい》や。」

「おもしろそうやな。」

「おもしろいねん。いまもやったらええのになあ。まあ、その学芸会《がくげいかい》があって、おじいちゃんの組《くみ》は〈白雪姫《しらゆきひめ》〉をやることになった。」

「おじいちゃんの役《やく》はなに？」

「〈こびとさん、その3〉、ゆう役《やく》や。いや、おじいちゃんはどうでもええ。問題《もんだい》は白雪姫《しらゆきひめ》や。」

「なんで白雪姫《しらゆきひめ》が問題《もんだい》なん？」

「『白雪姫《しらゆきひめ》の役《やく》は関本《せきもと》さん。』ゆうて先生《せんせい》が発表《はっぴょう》しはったとき、その関本《せきもと》さん、まあちょっとえんりょしたんやろな、

『できません。わたしこんなに……』

関本《せきもと》さんがそこまでゆうたとき、

『ふとってるし。』

と、坂崎《さかざき》くんがゆうたんや。」

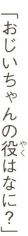

「ふとってたん？　関本《せきもと》さん。」

「おじいちゃんのみるところでは、ふとってない。ちょうどええぐらいや。かわいい子《こ》でな、白雪姫《しらゆきひめ》にぴったりやと思《おも》たで。

そやけどな、ときどき女《おんな》の子《こ》は自分《じぶん》がふとってるとかんちがいしよんねん。関本《せきもと》さんもふだんから自分《じぶん》のこと『ふとってる』『ふとってる』ゆうてたんや。まあ、それきいてたから坂崎《さかざき》くん、ゆうてしもたんやな。ほんでな、ここ大《だい》事《じ》なとこやからようきいときや。

ふとってるとか足《あし》みじかいとか、
自分《じぶん》でゆうてるもんにかぎって、
ひとからいわれたらこたえるねん。
傷《きず》つくんやな。関本《せきもと》さん、わっと泣《な》
きだした。
先生《せんせい》、坂崎《さかざき》くんに、
『きみ、そんなことゆうたら』
『あかんやろ。』と坂崎《さかざき》くん。
『わかってるんやったら』と先生《せんせい》がゆうたら、坂崎《さかざき》くん、
『ゆうな。』

またええタイミングで相手《あいて》より先《さき》にいいよんねん。才能《さいのう》やな。
さすがに先生《せんせい》、頭《あたま》にきたんやな。先生《せんせい》のほうも、ゆうたらあかんことゆうてしもた。
『そんなことばっかりゆうやつは、この教室《きょうしつ》から』
坂崎《さかざき》くんは坂崎《さかざき》くんで、えらいことになってしもたと泣《な》きながら、自分《じぶん》で、
『でていけ。はい、でていきます。』
ゆうて、とびだしていった。
「でていった坂崎《さかざき》くん、どうなったん？」
「先生《せんせい》もえらいことゆうてしもた

思《おも》たけど、ゆうてしもたもんやから
ひっこみがつかん。
そしたら関本《せきもと》さんが
『坂崎《さかざき》くんを呼《よ》びもどしてください。』
泣《な》きながらゆうねん。ええ子《こ》やないか、なあ。先生《せんせい》、ほっとして、『おまえがそういうんやったら』てなことをゆうて、組《くみ》のもん全員《ぜんいん》で坂崎《さかざき》くんをさがしにいくことになったんや。
先生《せんせい》がみんなの分担《ぶんたん》を決《き》めて、学校中《がっこうじゅう》をさがした。北校舎《きたこうしゃ》、南校舎《みなみこうしゃ》、空《あ》き教室《きょうしつ》、便所《べんじょ》、運動場《うんどうじょう》、体育館《たいいくかん》、裏庭《うらにわ》、倉庫《そうこ》……。
これが、どこにもおらん。

こら、学校《がっこう》の外《そと》にでたんとちゃうか、先生《せんせい》ちょっと青《あお》なって、こんどは学校《がっこう》の外《そと》さがそかゆうことになった。

そこでおじいちゃんが手《て》をあげた。

「手《て》をあげた！」

「そや。手《て》をあげた。坂崎《さかざき》くんのかくれそうな場所《ばしょ》に心《こころ》あたりがあったんや。ふたりでときどきあそびにいってたからな。『資料室《しりょうしつ》、もいっぺん、ぼくにさがさせてください。』ゆうたんや。

そこはだれかがさがしてるはずやねんけど、本気《ほんき》でさがそ思《おも》たら、一時間《いちじかん》や二時間《にじかん》でさがせるとこちゃう。めちゃくちゃものがあるねん。さっきさがしただれかも、歩《ある》けるとこを歩《ある》いて

右左《みぎひだり》みた、ぐらいのことにちがいないねん。
おじいちゃんは資料室《しりょうしつ》の入《い》り口《ぐち》に立《た》って、こうゆうた。
『トー、ザイ、ナン……』
どこかでなにかがぶるっとふるえた。
いてる。もういっぺん。
『トー、ザイ、ナン……』
奥《おく》においてある箱《はこ》が
ぶるぶるっとふるえてる。
がまんしとるんや。
もうひとおし。

『トー、ザイ、ナン』

『ボク！』

先生《せんせい》が箱《はこ》のなかから坂崎《さかざき》くんをひっぱりだして、ゆうた。

『でていかんといてくれ。』」

「よかったなあ。」

「うん、よかった。まあ、サキザキくんやないけど、ひとの話《はなし》ゆうもんは、先《さき》にしゃべってしもたら……」

おじいちゃんがそこで一息《ひといき》つくもんやから、ぼくはおもわず、

「あかん。」

たのまれたら

トシオくんが足《あし》の骨折《ほねお》って、松葉杖《まつばづえ》ついて学校《がっこう》にきた。授業《じゅぎょう》がおわったあと、たのまれたわけやないけど、ぼくはトシオくんのランドセルをもって家《いえ》までいっしょにかえってあげた——。という話《はなし》をおじいちゃんにしたら、おじいちゃんはぽんとひざを打《う》った。

「さすがはおじいちゃんの孫《まご》や。おじいちゃんもそうやった。たのまれんでも、ここでこうやってあげたらと思《おも》たとたんにからだがうごいてる。たのまれんでもそうやねんから、たのまれでもしたら、もういやとはいえん。とことんやらせてもらうわなあ。」

「うん。たのまれたら、いやとはいえん。」
ぼくがうなずいたら、おじいちゃんはぼくをみてすこしかんがえてから、ふたつみっつ、うなずいた。
「それについては、話《はなし》がある。」
「どんな話《はなし》？」

「おじいちゃんが十五か十六のころ……。

ま、ゆうたら、りりしい若者《わかもの》のころやな。」

「りりしい、て？」

「きりっとして、かっこええ、ちゅうことや。」

「おじいちゃんが？」

「そのころはそうやったと思《おも》てくれるか？」

「わかった。」

「ある日曜日《にちようび》の昼《ひる》すぎのことや。おかあさんのひとりごとがきこえた。

『あ、晩《ばん》ごはんのおみそ汁《しる》にいれる油《あぶら》あげ買《か》うのんわすれた。』

おじいちゃんは、たのまれたわけやないけど『ぼくが買《こ》うてくる。』ゆうて家《いえ》をとびだした。」

「たのまれたわけやないのに？」

「そや。油《あぶら》あげは、とうふ屋《や》さんで売《う》ってる。近所《きんじょ》やから、とうふ屋《や》のおばちゃんは顔見知《かおみし》りでな、こっちの顔《かお》みるなり、

おばちゃんは『ああ、ええとこにきた。』とゆうた。」

「なにがええとこなん？」

「おばちゃんは、店《みせ》の奥《おく》を指《ゆび》さしてゆうた。

『にいちゃん、この犬《いぬ》、知《し》らんか？』

みたら、奥《おく》の柱《はしら》に一匹《ぴき》の犬《いぬ》がつながれて、うれしそうに尾《お》ォふってる。中型《ちゅうがた》の、ちゃんと手入《てい》れされた犬《いぬ》で、りっぱな首輪《くびわ》に、ええかげんな縄《なわ》がくくりつけられてる。

『あれ？　その犬《いぬ》……』

見《み》おぼえがあったんや。おばちゃんはよろこんだ。

『知《し》ってんねんやったら、わるいけど、飼《か》い主《ぬし》の

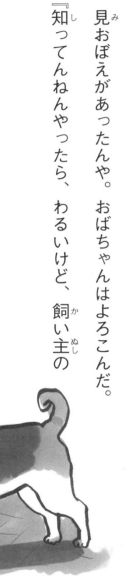

田中豆腐店
200
310

家《いえ》につれていってくれへん？』

ゆうて、たのまれたんや。」

　おじいちゃんはそこでことばをきって、ぼくの顔《かお》をみた。

「いやとはいえん？」

と、ぼくがいうと、おじいちゃんはうなずいた。

「それや。なんでも、きょうの朝《あさ》、店《みせ》をあけたらこの犬《いぬ》が店《みせ》のなかにはいってきたんやと。迷《まよ》い犬《いぬ》やと思《おも》て、みん

なにきいてみたけど、だれもわからん。こまってたとこや、ゆうねん。

おじいちゃんは、その犬《いぬ》つれて、山《やま》のふもとにむかった。」

「山《やま》のふもと？」

「うん。しょっちゅう山《やま》にあそびにいっとったんやが、山《やま》のふもとに大《おお》きな家《いえ》があってな、芝生《しばふ》の庭《にわ》をその犬《いぬ》が走《はし》りまわってるとこをみたことがあったんや。」

「山《やま》のふもとの家《いえ》、とうふ屋《や》さんから遠《とお》いのん？」

「まあ、三、四十分《ぷん》ゆうとこやな。晩《ばん》ごはんには間《ま》があるから、だいじょうぶやと思《おも》た。」

「それで、どうなったん？」

「山《やま》のふもとの大《おお》きな家《いえ》まで、犬《いぬ》つれていった。そしたら、ちょうど門《もん》の前《まえ》に、家《いえ》の奥《おく》さんらしいひとと、どこかからたずねてきたらしいおばあさんが、なにや

ら話《はな》してるとこやった。

　そのおばあさんのかっこうが、黒《くろ》い帽《ぼう》子《し》に黒《くろ》い服《ふく》で杖《つえ》なんかもっててな……。」

「それ、魔女《まじょ》とちゃうか！」

「おじいちゃんもそう思《おも》たけど、ひとを見《み》た目《め》で判断《はんだん》したらあかん、という気持《きも》ちもあったな。

　さあ、奥《おく》さんは、おじいちゃんがつれていった犬《いぬ》みたら、うれしそうな声《こえ》をあげはった。

『ハリー！　どこいってたん！　いやァほんまにおおきにィ。』

やっぱりそこの犬《いぬ》やった。」

「よかったやんか。そやけど、魔女《まじょ》みたいなおばあさんは？」

「さあそれや。奥《おく》さんは、

『ほんまにご親切《しんせつ》に……』

ゆうて犬《いぬ》だいておじいちゃんに頭《あたま》さげ、それから、はっと思《おも》いついておばあさんにいいはった。

『そうや。このわかいひとはどうやろか。』」

「どういうこと？」

「おじいちゃんもそう思《おも》た。

そしたら奥《おく》さんはいいはった。

『このおばあさん、わかい男《おとこ》のひとに手伝《てつど》うてもらいたいゆうてきてはるんやけどね、いまうちにはわかい男《おとこ》のひとがいてませんねん。それでこまっていたところで……。親切《しんせつ》ついでに、たのまれてくれはらへん？』」

「わ、たのまれた。」

「そうや。いやとはいえん。

『ぼくでよかったら……』

ゆうたら、おばあさんよろこんだ。

『まあ、りりしい若者《わかもの》やおまへんか。理想的《りそうてき》だす。すんません、ほたら、いきまひょ。』

ゆうて、山《やま》のほうへ歩《ある》きだした。」

「山《やま》のほうへ？」

「うん。山《やま》のなかにどんな用事《ようじ》があるんやろか、と思《おも》いながらおじいちゃんはついていった。」

「そんな魔女《まじょ》みたいなひとについていって、ええのん?」
「それが、山道《やまみち》にはいったところで、
とつぜん本人《ほんにん》がこうゆうた。
『わたし、魔女《まじょ》やったんですわ。』」

「やったんですわ?」

ぼくはおもわずききかえした。

「おじいちゃんもそうゆうた。『やったんですわ? そしたら、いまは魔女《まじょ》とちゃいますのん?』ゆうたら『ちゃいます。』ゆうねん。『なんの呪文《じゅもん》も魔法《まほう》もつかえまへんから、安心《あんしん》しなはれ。』ゆうんや。」

「きゅうに話《はなし》がすごなってきたなあ。そやけど、その元魔女《もとまじょ》は、おじいちゃんにどんなこと手伝《てつど》うてほしいゆうのん?」

「元魔女《もとまじょ》がいうんや。

『いまから四十五年前《ねんまえ》、わたしがまだ魔女《まじょ》やったときに、この

山《やま》にあるお屋敷《やしき》の赤《あか》ちゃんに、呪《のろ》いをかけてしもたんだす。』」

「呪《のろ》いをかけた？」

「呪《のろ》いちゅうのんが、そこの子《こ》が十五になった日《ひ》に、家中《うちじゅう》のもんが、ぽてっとねむりこんでしまう。

家《いえ》のまわりはいばらでかこまれ、三十年《ねん》たったら若者《わかもの》がやってきて、目《め》ェをさめさせてくれるゆう呪《のろ》いやゆうねん。」

「それ〈いばら姫《ひめ》〉ゆうお話《はなし》やん。」

「おじいちゃんもそう思《おも》た。『なんでそんな呪《のろ》いをかけはったんですか？』とおじいちゃんはたずねた。

そしたら、

『いや、そんな本《ほん》を読《よ》んだら、どうしても自分《じぶん》でもやりとうなって、やってしまいましたんや。すんませんなァ。』ゆうねん。」

「めいわくな魔女《まじょ》やな。そやけど、あれ、百年《ねん》とちごた？」

と、ぼくは口《くち》をはさんだ。

「そや。おじいちゃんもそう思《おも》てきいてみた。そしたら、『百年《ねん》も待《ま》ってたら、結果《けっか》もみれんとこっちが死《し》んでしまいますやんか。』いいよんねん。」

「それはそれでわかるなあ。」

「そうこうするうちに、いばらの茂《しげ》みがみえてきた。いままで山《やま》であそんでたときには、いばらの茂《しげ》みのでかいやつと思《おも》てたんやが、おじいちゃんと元魔女《もとまじょ》がちかづくと、ひゅうっといばらが地面《じめん》に消《き》えていきよる。三十年《ねん》めやったんやな。そしたらお城《しろ》みたいな洋館《ようかん》が、あらわれた。

ずいずいと屋敷《やしき》のなかにはいっていくと、豪華《ごうか》なベッドに、かわいい娘《むすめ》さんが寝《ね》てはった。」

ぼくは心配《しんぱい》になって、おもわずおじいちゃんの袖《そで》をひっぱった。

「おじいちゃん。それ、娘《むすめ》さんにキスするんとちゃうん。」

「ええとこでとめるなあ。そうや。元魔女《もとまじょ》がゆうた。『さあ、キスして起《お》こしてあげなはれ。』」

「おじいちゃん、どないしたん。」

「おじいちゃんはたずねた。

『起《お》こしたら、そのあと、この娘《むすめ》さんと結婚《けっこん》する、ゆうことになりますか？』

『まあ、なりまんなあ。』
と、元魔女《もとまじょ》はこたえた。
おじいちゃんはちょっとかんがえてからゆうた。

『ぼく、やめさせてもらいます。』
いそいでお屋敷《やしき》とびだして、とうふ屋《や》まで走《はし》ってかえった、ちゅう話《はなし》や。

な、この話《はなし》から学《まな》ぶことは、なんでもたのまれたらひきうけたらええちゅうもんやない。いやなことはいや、いわんとあかんちゅうこっちゃで。」

「そやけど、なんでキスしたげへんかったん？」

ぼくがたずねると、おじいちゃんはうなずいた。

「かわいい娘《むすめ》さんやったけどな、おじいちゃんの好《この》みから、ちょっとずれたんやな。」

ゆでたまごのあくび

「ゆでたまごが、あくびしたんや。」

おじいちゃんがとつぜんへんなことといいだすのには、なれてるけど、これにはびっくりした。

「なんでまた、ゆでたまごがあくびなんかしたん？」

とりあえず、ぼくはたずねた。

「そら、ゆでたまご、気分《きぶん》よう、ゆだって、ええ気持《きも》ちになって、ああ、もうねむとうなったな、てなもんやな。」

「なるほどなあ。そやけど、ぼくらがあくびするときは口《くち》あけるやんか。ゆでたまごの口《くち》、どこにあるん？」

「さあ、そこや。あくびがしたい、ゆう気分《きぶん》が、ゆでたまごの

カラをピピピッとわって、そこが口《くち》になって、ふわあああああっ
とあくびをしたな。」
「ええっと、それは、カラだけがふわあああっとなるん？」
「いいや、白身《しろみ》も黄身《きみ》もふわあああっと……。」
「それ、ゆでたまご、カラごとわれてる、
ゆうのんちゃうん。」
「いいや、あくび。」

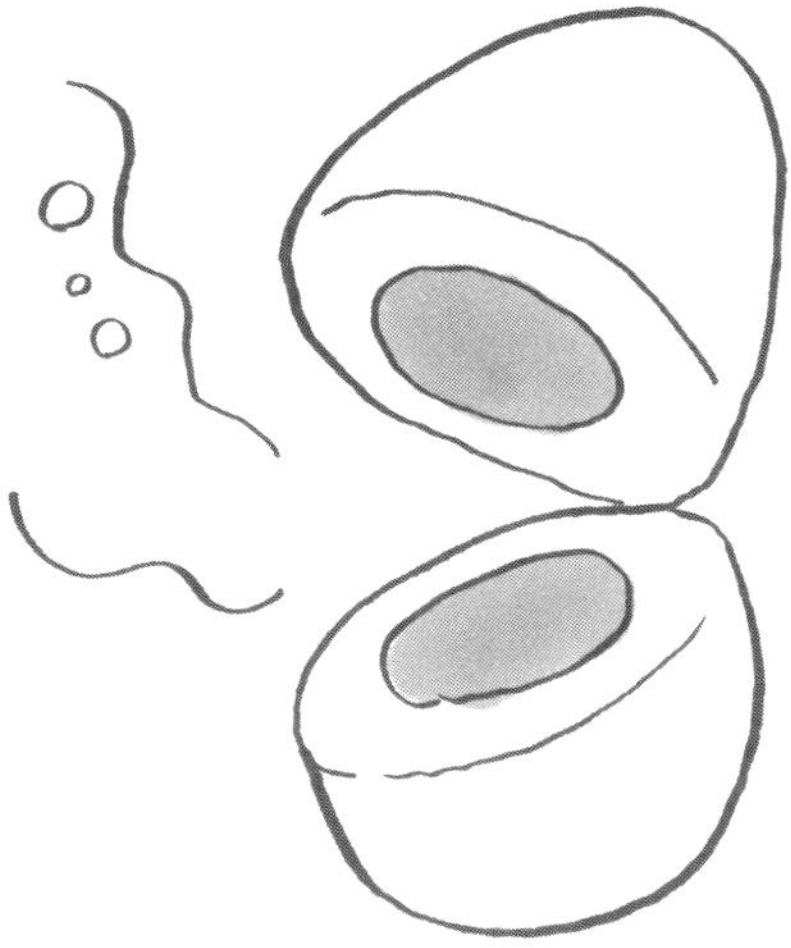

「黄身《きみ》、流《なが》れでェへんか？」

「かたゆでたまごやから、流《なが》れでたりせえへん。」

「ぼくは半熟《はんじゅく》がすきや。」

「おじいちゃんも半熟《はんじゅく》がすきや。そやけど、これはあくび用《よう》のゆでたまごやねん。」

「あくび用《よう》の……。」

えらい強引《ごういん》や。

「そや、あくび用《よう》やから、ほんまに気持《きも》ちようあくびするねん。あんまりゆでたまごが気持《きも》ちよさそうにあくびしたもんやから、となりにおった鍋《なべ》

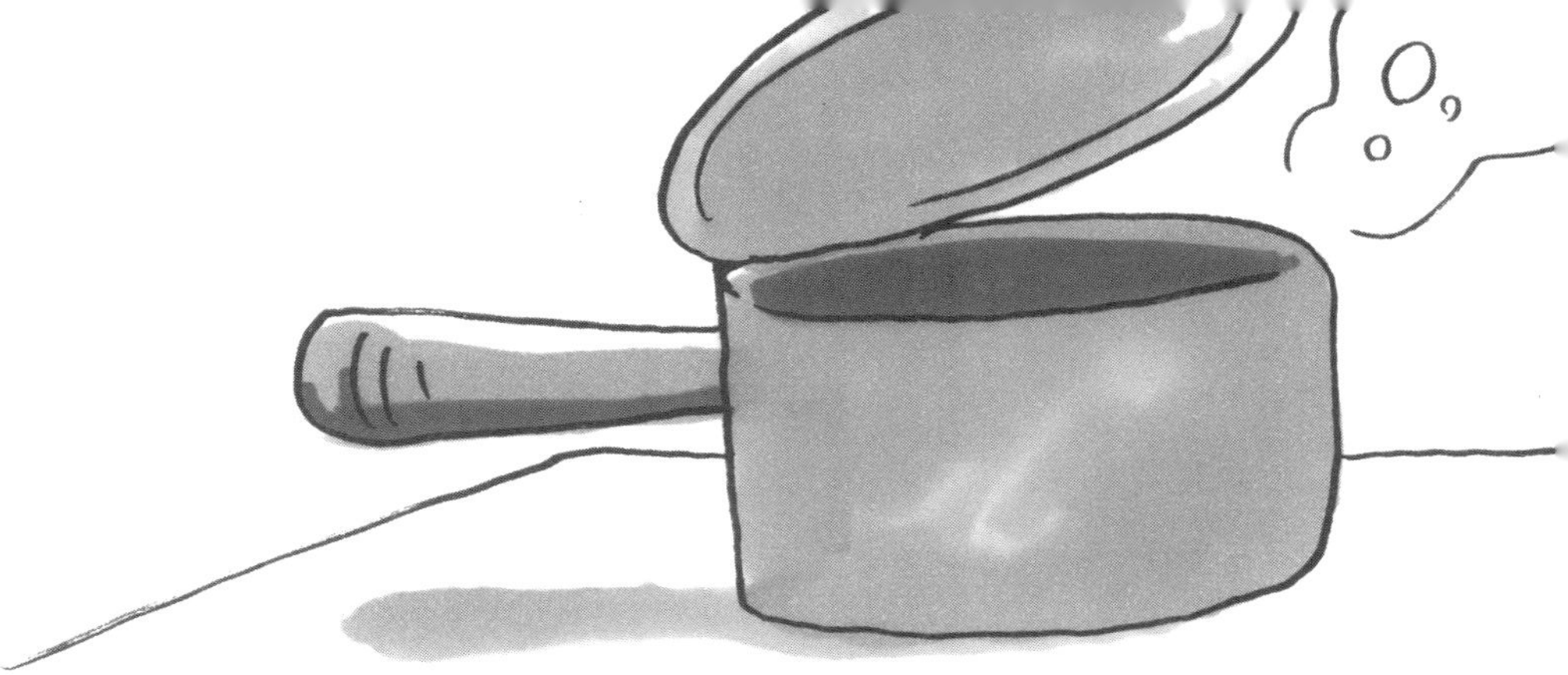

も、ふわあああっと、あくびした。ほら、あくびて、うつるやろ。」
「あくび、なんでうつるのん？」
「うん、あくびゆうのは、ねむとうなったりたいくつしたりして、ぼうっとしてるとき、からだに新《あたら》しい空気《くうき》をようさんいれて、しゃきっとしたいゆう気分《きぶん》が、そうさせるんや。それがうつるゆうのんは、自分《じぶん》では気《き》づかんけど、からだがあくびしたいなあ、思《おも》てるとき、だれかがあくびしてるのをみたら、そやそやあくびしよ、と思《おも》うらしい。」

「ほんなら、鍋《なべ》、あくびしたいと思《おも》てたんか？」

「毎日《まいにち》、湯《ゆ》ゥわかしたり、もの煮《に》たりするばっかりや。たいくつで、あくびのひとつもしたいと思《おも》うわなあ。」

「鍋《なべ》、どうやって、あくびしたん？」

「どうやってと思《おも》う？」

「そやなあ、鍋《なべ》やったら、フタが、ふわあああっとあいてあくびするかなあ。」

「正解《せいかい》。そのとおりや。よう知《し》ってるやないか。」

知《し》ってたわけやない、とぼくは思《おも》た。

「そしたら、フタがあるもんは、みんなあくびするのん？」

「そうや。フタゆうたら、口《くち》みたいなもんや。」

「フタと口《くち》はちがうんちゃうかなあ。」

「フタはあけてもの出《だ》し入《い》れするやろ。口《くち》もあけてことばだしたり、食《た》べもんいれたりする。な、いっしょや。」

「なんやら、強引《ごういん》やなあ。」

「あのなあ、かんがえてみ。はじめはゆでたまごやで、もともと口《くち》もフタもないもんがあくびしてるねんで。フタがあったら上《じょう》等《とう》やないか。そらもう、大《おお》あくびする。」

「ふわあああああ、ゆうて？」

「ふわああああ、ゆうて。鍋《なべ》があくびするのんみて、オーブントースターもあくびをしたなあ。」

「オーブントースターのあくびしてるとこは、わかるような気《き》ィがするわ。そやけど、オーブントースター、たいくつやったん？」

「オーブントースターにかぎらず、毎日毎日《まいにちまいにち》おんなじことさせられてるもんは、たいくつでたいくつで、ふわあああああっと、あくびがでる。オーブントースターがあくびをするのんみた電《でん》子《し》レンジも、『あくびかぁ、こらええことおしえてもろた。』ゆうて、ふわああああ。」

「オーブントースターがあくびをするんやったら、電子《でんし》レンジもするわなあ。」

「するする。」

「そんで、どうなるん？」

「電子《でんし》レンジのあくびをみた、食器戸棚《しょっきとだな》もふわああああ。」

「それ、だんだん大《おお》きィなってない？」

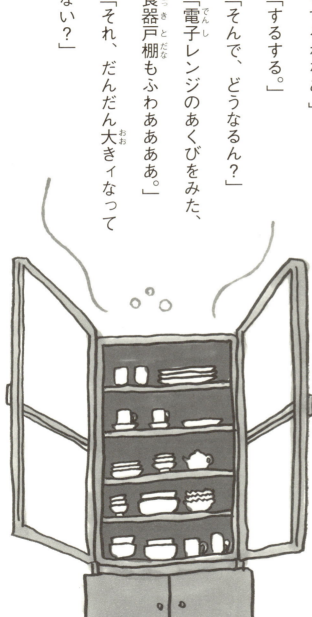

「まだまだこんなもんやない。」

おじいちゃんはにやりと笑《わろ》た。

「食器戸棚《しょっきとだな》が気持《きも》ちよさそうにあくびをしたもんやから、それをみた台所《だいどころ》の扉《とびら》が、『あ、あくびかあ、わしもやってみたろ。』ゆうて、ふわあああああっとあくびをしたな。」

「台所《だいどころ》の扉《とびら》が、ふわああああっとあいて……。」

「そや、台所《だいどころ》の扉《とびら》が。これもたいくつしとったんやな。台所《だいどころ》の扉《とびら》があくびしたもんやから、それをみた廊下《ろうか》のべつの部屋《へや》の扉《とびら》も、つぎつぎにあくびをしたな。ふわあああ、ふわあああ、

ふわあああっちゅうてな。」

「ひろい家《いえ》やな。」

「そや、ひろい家《いえ》や。廊下《ろうか》のつきあたりで、玄関《げんかん》の扉《とびら》がふわあああっとあくびした。」

「それでおしまいなん？」

「いやいや。玄関《げんかん》の扉《とびら》があくびをするのんを、門《もん》の扉《とびら》がみてて、ふわあああっと大《おお》あくび。」

「ひろい家《いえ》やから、玄関《げんかん》のむこうに門《もん》があるんやな。」

「門《もん》が大《おお》あくびをしたのを、道《みち》のマンホールがみてたな。マンホールも年《ねん》がら年中《ねんじゅう》じいっとしてて、たいくつしきってた。

『あ、門《もん》のやつ、気持《きも》ちよさそうにあくびしよんなあ。そうかあ、あくびかあ……。』

そう思《おも》たら、おなかのそこから、あくびがこみあげてきて、

ふわああああっと、フタもちあげて大《おお》あくび。

「マンホールが……。」

「マンホールが。マンホールゆうたら、下水道《げすいどう》や電話線《でんわせん》なんかが、地下《ちか》の管《くだ》で、ずうっとつながってるんや。この管《くだ》を、あくびの気持《きも》ちよさがばあああっとひろがった。」

「ばああああっと……。」

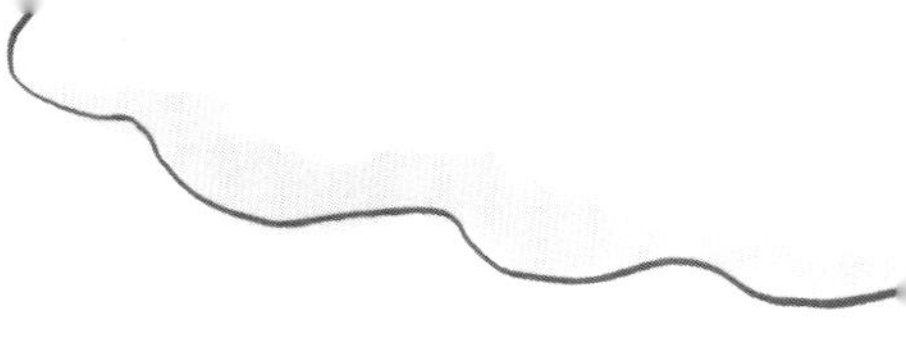
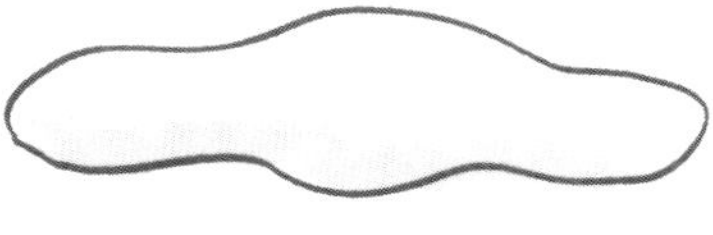

「そや、ばああっと。そしたら、いたるところのマンホールのフタが、ふわああああ、ふわあああ、ふわああああ、ふわあああ
あっちゅうて……。」

「それ、えらいことやん。」

「めちゃくちゃえらいことや。街中《まちじゅう》のマンホールが大《おお》あくびしてるのんみた、空《そら》がな……。」

「まさか、空《そら》なんかあくびさせへんよなあ？」

「空《そら》が大《おお》あくびしたんや。」

「あくび、ゆうたら、大《おお》きく口《くち》をあけるんやろ？

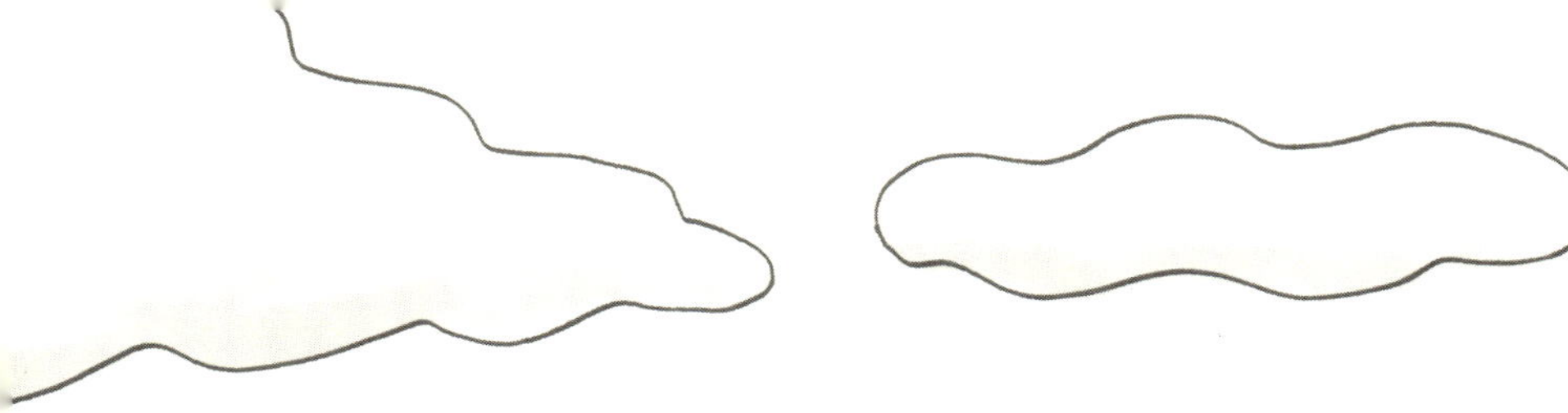

空《そら》の口《くち》て、どこにあるのん？」

「はじめはゆでたまごがあくびしたんやで。ゆでたまごにあくびでけるんやったら、空《そら》かてでける。」

「空《そら》に、口《くち》あくのん？」

「街中《まちじゅう》のマンホールのあくびが、あんまり気持《きも》ちよさそうにみえたんやなあ、『あくびかあ、やってみよ。』思《おも》たんや。思《おも》たとたんに空《そら》にぴいいいっと線《せん》が走《はし》ると、そこが口《くち》になってひらいた。ふわああああっと、大《おお》あくび。」

「空《そら》の口《くち》がひらいたら、なにがみえるのん？」

「夜空《よぞら》や。その夜空《よぞら》も大《おお》あくび。」

「夜空《よぞら》の口《くち》は？」

「そら、三日月《みかづき》や。三日月《みかづき》が大《おお》あくびしたら満月《まんげつ》になるな。」

「だんだんめちゃくちゃになってきたなあ。」

「夜空《よぞら》が大《おお》あくびするのんみて、地球《ちきゅう》、びっくりしよった

なあ。『ま、夜空《よぞら》のおにいさん、えらい気持《きも》ちよさそうにあくびしはりますやんか。』」
「地球《ちきゅう》て、女《おんな》のひとなん？」
「そら、母《はは》なる地球《ちきゅう》や。女《おんな》のひとにきまっとる。『わても四十六億年《おくねん》、ずうっと太陽《たいよう》はんのまわりをくるくるくるくるまわりつづけて、ちょっとたいくつ……。』」

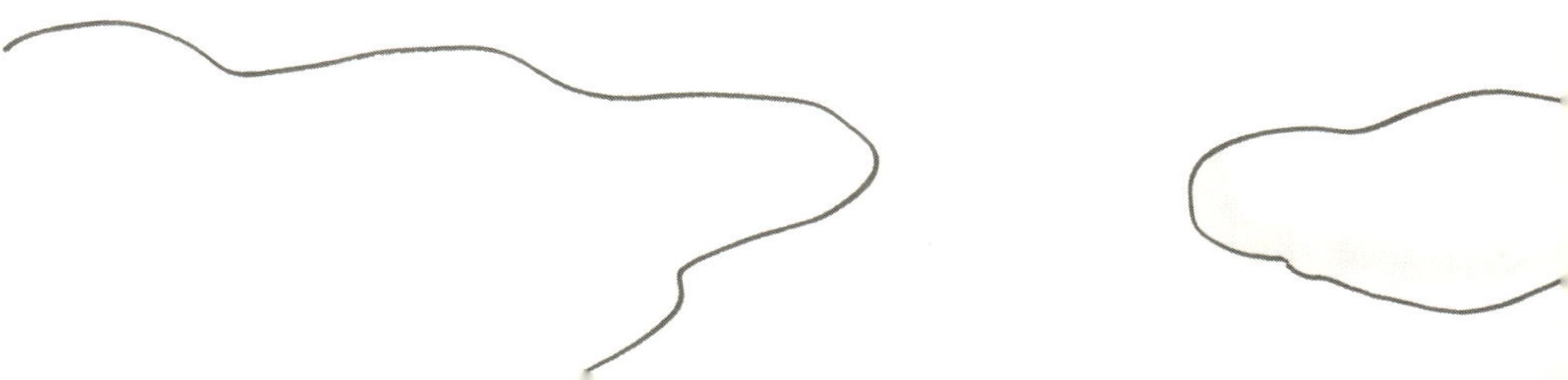

「あかん！　ゆでたまごみたいに地球《ちきゅう》にあくびさせたらあかん！　めちゃくちゃえらいことになる。」

おじいちゃんはぼくをみた。

「うん。ゆでたまごもそう思《おも》た。」

「ゆでたまご？」

「そうや。ゆでたまごもそう思《おも》て、あくびをやめて、口《くち》とじた。」

「ゆでたまご、いままでずうっとあくびしてたん！」

「ゆでたまごが口《くち》とじたら、鍋《なべ》も扉《とびら》もマンホールも夜空《よぞら》も、みんな口《くち》とじた。それで、地球《ちきゅう》はあくびをやめた。」

「よかったあ。」

ぼくはためいきをついた。よォこんな話《はなし》、思《おも》いつくわ。

「そやけど、なんでまたゆでたまごがあくびするなんて、思《おも》いついたん？」

おじいちゃんはぼくをみて、にっと笑《わろ》た。

「うん。こないだ、おまえが長風呂《ながぶろ》でまっ赤《か》にゆだって、もうねむたいゆうてあくびしてたやろ？

あれみて思《おも》いついたんや。」

「なにを？」

「ゆでた孫《まご》があくび……。」

ウミンバの指輪《ゆびわ》

「きょう学校《がっこう》で読《よ》んだ本《ほん》に、ヤマンバゆうのんがでてきたで。」

と、ぼくがおじいちゃんにゆうたら、おじいちゃんは笑顔《えがお》でうなずいた。

「ええ本《ほん》読《よ》んでるやないか。」

「ヤマンバて、山《やま》にすむ人食《ひとく》い鬼《おに》の女《おんな》のひとのことやろ？」

「まあ、たいていのヤマンバはそういう妖怪《ようかい》みたいなひとやけど……」おじいちゃんは腕《うで》をくんだ。「人食《ひとく》い鬼《おに》とちゃうヤマンバもいてると思《おも》うでェ。あの金太郎《きんたろう》のお母《かあ》ちゃんもヤマンバやしなあ。ざっくりゆうたら、山《やま》にすんでる女《おんな》のひとが、ヤマンバとちゃうか。」

「そしたら、村《むら》にすんでたらムランバか？」

おじいちゃんはにやりと笑《わろ》た。

「ええとこついてくるなあ。もちろんそうや。海《うみ》にすんでる女《おんな》のひとはウミンバで、川《かわ》にすんでたらカワンバ、木《き》ィにすんでる女《おんな》のひとはキンバで、このキンバは歯《は》ァがぜんぶ金歯《きんば》。マンホールにすんでる女《おんな》のひとはマンホールンバゆうて、踊《おど》りがとくいやな。」

よう思《おも》いつくわ。

「そんなん、ほんまはいてないんやろ？」

おじいちゃんはにやりと笑《わろ》た。

「おじいちゃんはウミンバやったら、みたことある。」

えらいこといいだした。

「ウミンバ、みたん？」

「みた。おせわになった。」

「おせわに……。そんな話《はなし》、きいたことないで。」

「ききたいか。」
「ききたい。」
「ほんなら、そこ、すわり。」
ぼくはいつものいすにすわった。おじいちゃんもテーブルをはさんで、むかい

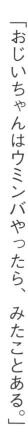

にすわった。

「それは、おじいちゃんが学生《がくせい》のころのことや。あるお金持《かねも》ちのマダムがな、」

「お金持《かねも》ちのマダム！　そんなんとつきあいがあったん！」

「だれがつきあいあったゆうてるんや。ようきいてんか。どこかのお金持《かねも》ちのマダムがな、船《ふね》にのってて、ダイヤモンドの指《ゆび》輪《わ》を指《ゆび》からはずしてながめてたら、手《て》がすべって海《うみ》におとしはってん。」

といって、おじいちゃんは目《め》を大《おお》きくしてうなずいた。

「それは値段《ねだん》も高《たか》い指輪《ゆびわ》やってんけど、それだけやのうて、ごっつい思《おも》い出《で》のつまった指輪《ゆびわ》ゆうことでな、もしもみつけだしてくれたら、一千万円《まんえん》の懸賞金《けんしょうきん》をだすゆうてはる、ちゅうて新聞《しんぶん》にのってたんや。それがなんと須磨《すま》の沖《おき》やゆうねん。」

「それ、近所《きんじょ》やん。」

「そや。近所《きんじょ》ゆうたら、近所《きんじょ》や。

近所《きんじょ》やけど、ちょっとももぐって拾《ひろ》いにいこか、てな近所《きんじょ》とちゃう。客船《きゃくせん》が通《とお》るほどの沖合《おきあい》や。岸《きし》から遠《とお》いし、海《うみ》が深《ふか》い。それでも何《なん》人《にん》もの潜水夫《せんすいふ》がもぐって指《ゆび》輪《わ》をさがしたらしい。」

「そらさがしにいくわ。」

「うちはそのころ商売《しょうばい》がうまいこといけへんかってな、

借金《しゃっきん》がかさんで、おじいちゃんも学校《がっこう》やめてはたらかんとあかん、いうことになってるときやった。なんとかその指輪《ゆびわ》みつけて一千万円《まんえん》もらえたら、借金《しゃっきん》も返《かえ》せるし学校《がっこう》もいける。」

「そらまあそうやけど……。」

「そのとき、おじいちゃんは思《おも》いだしたんや。その前《まえ》の年《とし》に亡《な》くなってた吉五郎《きちごろう》さんの話《はなし》を。」

「吉五郎《きちごろう》さんて、だれ？」

「おじいちゃんのおじいちゃんや。」

「どんな話《はなし》、思《おも》いだしたん？」

「けったいな話《はなし》やで。吉五郎《きちごろう》さんはわかいころ、勤《つと》め先《さき》の会社《かいしゃ》

がつぶれて、花《はな》を作《つく》る農家《のうか》の手伝《てつだ》いをしてたんや。その給料《きゅうりょう》があんまりすくないんで、毎日花《まいにちはな》をくれるんやて。仕事《しごと》がおわったら花《はな》もろて、町《まち》で売《う》る。まあ、いくらかは売《う》れたらしいけど、夕方《ゆうがた》から夜《よる》の町《まち》で、男《おとこ》が花《はな》もって立《た》ってても、売《う》れんわなあ。ひとり暮《ぐ》らしの家《いえ》に飾《かざ》る気《き》にもなれず、のこった花《はな》を須磨《すま》の海《うみ》の突堤《とってい》から海《うみ》に流《なが》してたんやて。

そのころ作《つく》ってた花《はな》はキンギョソウとマーガレットとコスモス。それを毎晩《まいばん》ながしてたんやな。ひと月《つき》ほどそんなことしてるうちに、東京《とうきょう》に勤《つと》め先《さき》がみつかった。花《はな》をながすのんもきょうでおしまいという夜《よる》、

『よそへいくから、さいごやでえ。』

ちゅうて叫《さけ》んで、いつものように突堤《とってい》から花《はな》を海《うみ》に投《な》げこんだ。

そのとたん、海《うみ》からザバッと……。」

「ウミンバがでたんか?」

「ちゃう。かわいい人魚《にんぎょ》がでた。」

「かわいい人魚《にんぎょ》……?」

ウミンバの話《はなし》とちゃうんか、と思《おも》たけど、まあだまってきいとくことにした。

「うん。かわいい人魚《にんぎょ》がでてきたんや。かわいい人魚《にんぎょ》がかわいい声《こえ》でゆうた。

『いつも花《はな》をおおきに。これはなんちゅう花《はな》でっしゃろか。』

吉五郎《きちごろう》さん、びっくりしながらこたえたな。

『キンギョソウとマーガレット、それにコスモスですねん。』

『きょうがさいごとは、なごりおしいことだすなあ。わてはいつも海《うみ》のなかからあんさんのこと、みてましたん。わてに花《はな》くれてはんねや、思《おも》て。あんさん、お名前《なまえ》は？』

『吉五郎《きちごろう》、いいます。』

『きょうまで楽《たの》しませてもろたお礼《れい》に、ちゅうたらなんですけど、海《うみ》のことで頼《たの》みごとがあったら、いつでもわてを呼《よ》んでおくれやす。そやなあ、合図《あいず》きめときまひょ。そのキンギョソウとマーガレット、それにコスモスの花《はな》、それをながしてもろたら、わて、すぐにでてきまっさかい。』

『わかりました。』

吉五郎《きちごろう》さん、かわいい人魚《にんぎょ》にわかれをゆうて、東京《とうきょう》へ働《はたら》きにいきはったんやて。そやけどやで、人間《にんげん》、海《うみ》のことで頼《たの》みごとなんか、そうそうないで。せっかく人魚《にんぎょ》にそんなことゆうてもろたのに、吉五郎《きちごろう》さん、海《うみ》のことで頼《たの》みごと、なんにも思《おも》いつかなんで、それっきり、ああ残念《ざんねん》や、ゆうてはったんや。

おじいちゃん、その話《はなし》を思《おも》いだし

たんや。」
「えらい都合《つごう》がええ話《はなし》を思《おも》いだしたもんやなあ。」
「そやろ？　ちょうど秋《あき》、でそろう花《はな》や。おじいちゃんはこづかいのすべてをつぎこんで、キンギョソウとマーガレット、それにコスモスを買《こ》うてきた。それを夕方《ゆうがた》、須磨《すま》の突堤《とってい》から、海《うみ》へ投《な》げこんだがな。で、待《ま》った。

突堤《とってい》にすわりこんで、待《ま》った。寝《ね》ころんで、待《ま》った。待《ま》ちくたびれたが、待《ま》った。あきらめかけたが、待《ま》った。

「それ、何年前《なんねんまえ》の約束《やくそく》やったん？　でてきてくれるかなあ。おじいちゃんのおじいちゃんがわかいときの約束《やくそく》やからなあ。」

「うん。おじいちゃんもそう思《おも》た。もう人魚《にんぎょ》のほうでもわすれてるんとちゃうか。いやそれよりも、まだこの須磨《すま》の海《うみ》で生《い》きてはるやろかと、だんだん心配《しんぱい》になってきた。ちょうど満月《まんげつ》の晩《ばん》やった。その満月《まんげつ》が真上《まうえ》にきたちゅうから、十二時《じ》ぐらいやったな。とつぜん海《うみ》のなかから、ザバッと……。」

「かわいい人魚《にんぎょ》があらわれたん!?」

「いや、ウミンバがあらわれた。」

「ウミンバ？」

「ウミンバの話《はなし》をしてたんやないか。」

それはそうやけど……。

「かわいい人魚《にんぎょ》が年《とし》とったらウミンバになるっちゅうのんは、おじいちゃん、そのときはじめて知《し》ったわ。」

「そういう話《はなし》とは思《おも》わんかったなあ。それで、ウミンバ、指輪《ゆびわ》さがしてくれたん？」

「さあ、それや。おじいちゃんは自分《じぶん》が吉五郎《きちごろう》さんの孫《まご》であること、指輪《ゆびわ》をさがしてることをウミンバに話《はな》した。」

「そしたら?」

「ウミンバ、『ほれへっしゃろは?』

ゆうて、海《うみ》から手《て》ェだしてひろげてみせた。」

「それ、なにゆうたん?」

「『これでっしゃろか?』ゆうたんや。ウミンバ、
歯《は》アがぜんぶぬけて、しゃべりにくいんや。」

なんちゅう話《はなし》や。

「わかった。そしたら?」

「それがおまえ、ひろげた手《て》ェの指《ゆび》に
その指輪《ゆびわ》しとった。」

「いよいよ都合《つごう》がええ話《はなし》やなあ。」

「『その指輪《ゆびわ》です。』ゆうたら、にっこりうなずいて『はわふぃふぃ、ひれふぁふぁほひぃ。』いいよんねん。」

「なんて？」

「それが『かわりに、入《い》れ歯《ば》がほしい』とゆうてるちゅうてわかるのに、半時間《はんじかん》かかったわ。」

そら、かかるわ。

「そやけど、入《い》れ歯《ば》てなもん、歯医者《はいしゃ》さんいかんとつくられへんのんとちゃうん。」

「そうや。なんぼなんでも、ウミンバつれて歯医者《はいしゃ》へはいきに

くい。そこで、ものはためしと、ポケットのなかの入《い》れ歯《ば》を……。」

これにはちょっとびっくりしたなあ。

「おじいちゃん、それ、おじいちゃんのわかいときやろ。なんでポケットのなかに入《い》れ歯《ば》なんか、はいってんのん？」

「いや、それ、吉五郎《きちごろう》さんの形見《かたみ》やってん。」

「入れ歯《いば》が、形見《かたみ》……。」
「吉五郎《きちごろう》さん、亡《な》くなりはったあと、机《つくえ》のひきだしから入れ歯《いば》がでてきてなあ。あんた、かわいがってもろてたから形見《かたみ》にもろときゆうて、もたされてたんや。人魚《にんぎょ》にみせたら、吉五郎《きちごろう》さんが亡《な》くなりはった、ゆうのん、納得《なっとく》してくれるかな

あ思《おも》て、もってきてたんやな。それに、もしも人魚《にんぎょ》が吉五郎《きちごろう》さんの思《おも》い出《で》にそれほしい、ゆうねんやったらあげてもええなあ思《おも》て、ポケットにいれてきたんやがな。もっとも、人魚《にんぎょ》やのうてウミンバになっとったけどな。

ウミンバにわたして、はめてもろたら、これがまたウミンバの口《くち》にぴたっとおうたでェ。

『これ、指輪《ゆびわ》より、よっぽどよろし。わて、もらいます。』

ちゅうて、ウミンバ、はっきりしゃべりはった。

それで指輪《ゆびわ》もろて、おじいちゃんは学校《がっこう》やめんですんだわけや。」

「なんとも都合《つごう》のええ話《はなし》やなあ。」

ぼくがそうゆうたら、おじいちゃんは天井《てんじょう》をみあげた。

アチチの小鬼《こおに》

ぼくは小学校《しょうがっこう》からかえったあと、たいていおじいちゃんの部屋《へや》へあそびにいく。

おじいちゃんは、おとうさんのおとうさん。近所《きんじょ》のアパートで、ひとりでくらしてる。

おじいちゃんのアパートは坂《さか》の上《うえ》にあるから、ながめがええ。ぼくとおじいちゃんはしょっちゅう窓《まど》からそとをみて、いろんな話《はなし》をする。そのときも窓《まど》の前《まえ》に立《た》って、下《した》にひろがる街《まち》をみてた。

「ようめだつなあ……。」

思《おも》たことを声《こえ》にだしてしもた。

「あの紅白《こうはく》のひとやろ。」
と、おじいちゃんがつづけて、ぼくがうなずいた。
大《おお》きな白《しろ》い帽子《ぼうし》をかぶって、まっ赤《か》な服《ふく》を着《き》た女《おんな》のひとが坂《さか》をくだっていく。
「あのひと、右《みぎ》にいくか、左《ひだり》にいくか。」

おじいちゃんが、そのひとをみたまま、ぼくにたずねた。

紅白《こうはく》のひとが歩《ある》いてる坂《さか》の先《さき》は三叉路《さんさろ》で、Y《ワイ》字形《じがた》に道《みち》がわかれてる。

「右《みぎ》。」

すばやくぼくはこたえた。右《みぎ》のほうへいくと電車《でんしゃ》の駅《えき》があるから、たいていのひとはそこを右《みぎ》にまがる。おじいちゃんもそう思《おも》たらしい。

「おじいちゃんも右《みぎ》やと思《おも》う。」

ところが紅白《こうはく》のひとは左《ひだり》の道《みち》にすすんだ。

おじいちゃんとぼくは予想《よそう》がはずれて、あら
ら、と顔《かお》をみあわせた。が、おじいちゃんは、
きゅうにきりかえた。
「よっしゃ。そしたら、こっちきて、すわり。
いまから、ゲームをしよ。」
そういいながら、テーブルにコップをふたつ
おき、冷蔵庫《れいぞうこ》からジュースをだしてきて、ついだ。
ぼくはコップの前《まえ》のいすにすわってたずねた。
「ゲームて、ジュースの早飲《はやの》み競争《きょうそう》？」
「そんなあほなことはせん。」

といいながら、おじいちゃんもすわった。
「そやけど、ジュースしかないやん。」
「ことばがあるやろ、ことばが。
ジュースはすきなときに飲《の》んだらええ。
　ゲームのルールはかんたんや。
いまからふたりがする話《はなし》のなかで、おまえが
『知《し》らん。』ゆうたら、おじいちゃんの勝《か》ち、
おまえが『知《し》らん。』いわなんだら、
おまえの勝《か》ちや。」
「かんたんや。」

「かんたんか？」

とゆうて、

おじいちゃんはコップのジュースをひとくち飲《の》んだ。「なにゆうたらあかんねんやった？」

「知《し》……。」あぶないとこやった。「知《し》ってるけど、いえへん。」

おじいちゃんはにやりと笑《わら》った。

「なかなかやるやないか。」

ゆだんしたらあかん。

ぼくもジュースをひとくち飲《の》んだ。

「このゲームはおまえが主人公《しゅじんこう》の物語《ものがたり》でもある。」

「おもしろそうやん。」

「主人公《しゅじんこう》のおまえが、物語《ものがたり》に参加《さんか》して、自分《じぶん》の運命《うんめい》をえらんでいくんや。な、自分《じぶん》の運《うん》命《めい》やから、ひとごとみたいに『知《し》らん。』ゆうたらあかんわけや。」

「なんやらロールプレーイングゲームみたいやな。」

ぼくがそうゆうたら、おじいちゃんはびっくりした。

「えっ？　こんなん、もうあるんか！」

「もうあるんかて、おじいちゃん、ロールプレーイングゲーム、知《し》……。」

あぶな！　もうちょっとで、知《し》らんかったんか、ゆうところやった。

「おしかったなあ。」

おじいちゃんはまたにやりと笑《わら》った。ゆだんもすきもない。

ぼくはもうひとくちジュースを飲《の》んだ。

「よっしゃ。いくで。

ある日《ひ》のことや。森《もり》のなかの道《みち》を、主《しゅ》人公《じんこう》のおまえが歩《ある》いてる。ええか？」

「ええで。」

ええで、というにもちょっと慎重《しんちょう》になる。

「森《もり》のなかを歩《ある》いていくと、道《みち》がふたつにわかれてる。さあ、右《みぎ》へいくか、左《ひだり》へいくか。」

ははん、さっきの紅白《こうはく》のひとのわかれ道《みち》で、

こんなゲームを思《おも》いついたんやな、とぼくは思《おも》た。

「右《みぎ》の道《みち》と左《ひだり》の道《みち》は、ようすは同《おな》じなん？」

「なるほど。決《き》めるには材料《ざいりょう》がほしい、ゆうわけやな。もっともなこっちゃ。そしたら、右《みぎ》のほうは明《あか》るい感《かん》じの森《もり》、左《ひだり》のほうは暗《くら》い感《かん》じの森《もり》、これでどうや。」

「それやったら、明《あか》るいほうの右《みぎ》。」

「うん。」と、おじいちゃんはうなずいた。「右《みぎ》の道《みち》をいくと、森《もり》の木《き》がまばらになってくる。それで明《あか》るい感《かん》じやったんやな。おなかがへってきたな、と思《おも》たとき、ふたたびわかれ道《みち》。どっちへいったらなにがあるかを知《し》らせる標識《ひょうしき》、道《みち》しるべが立《た》ってる。右《みぎ》へいくとお好《この》み焼《や》き屋《や》、左《ひだり》へいくとカレー専門店《せんもんてん》と書《か》いてある。どっちにいく?」

森《もり》のなかに、カレー専門店《せんもんてん》とお好《この》み焼《や》き屋《や》があるゆうのんもどうかと思《おも》うけど、このゲームは、どっちかをこたえんとあかんらしい。

「お好《この》み焼《や》き屋《や》。……そんでも、はらうお金《かね》、
ぼくはもってることになってるのん？」

「もってるかどうか、知《し》らんのん？」

「そんなん、知《し》……。」あぶな！　あぶな！　知《し》らんからきいてるんやんか、といいかけた。

「知《し》ってる。お金《かね》はもってる。」ぼくはさけぶようにいいなおした。

　おじいちゃんはまた、にやりと笑《わら》ってうなずいた。

「うん、お金《かね》はもってる。で、お好《この》み焼《や》き屋《や》にはいった。お好《この》み焼《や》き屋《や》のおばちゃんがでてきてゆうた。

『なんにしまひょ。』

さあ、なに食《た》べる？」

「ぶた玉《たま》。」

「おじいちゃんも、ぶた玉《たま》、好《す》きや。

ぶた肉《にく》と玉子《たまご》のはいったお好《この》み焼《や》き食《た》べて、お金《かね》をはらう。で、お好《この》み焼《や》き屋《や》をでようとしたら、はいってきた入《い》り口《ぐち》のとこがさっきとようすがちゃう。たしかここが入《い》り口《ぐち》のドアやった、ゆうとこが壁《かべ》になってて、右《みぎ》の壁《かべ》と左《ひだり》の壁《かべ》に、さっきはなかったはずのドアがある。お好《この》み焼《や》き屋《や》のおばちゃんがいう。

『うちの店《みせ》には、出口《でぐち》がふたつありまっさかい、すきなほうからでていっておくんなはれ。ふたつのドアは、それぞれちがう道《みち》につづいてますんやわ。』

右《みぎ》のドアか、左《ひだり》のドアか、さあ、どっちをえらぶ？」

「ちょっと待《ま》って。」と、ぼくはゆうた。

「さっき、おじいちゃんは、ぼくが自分《じぶん》の運命《うんめい》をえらんでいく、ゆうたやろ？」

「ゆうた。」

「それ、ぼくが右《みぎ》のドアえらんでも、左《ひだり》のドアえらんでも、えらんだあとで、それが

どんな道《みち》につながってるか、おじいちゃんが発表《はっぴょう》するんやったら、ぼく、自分《じぶん》の運命《うんめい》をえらんでないいんとちゃう？」

「ああ、おまえの気持《きも》ちはわかる。そやけどな、人生《じんせい》には、こうなるとは思《おも》わなんだちゅうこともおこるんや……。

とはいえ、なんの理由《りゆう》もなく道《みち》をえらびとうないゆうのんは、あたりまえの話《はなし》やな。ほな、大《だい》サービスで、どっちの道《みち》をえらんだらなにとであうか、先《さき》にゆうといたる。右《みぎ》のドアあけて歩《ある》いていったら、小鬼《こおに》とであうことになってる。」

「小鬼《こおに》……？」

「小鬼《こおに》。」

「小鬼《こおに》、ゆうて、ちいさい鬼《おに》？」

「そら、ちいさいから、小鬼《こおに》ゆうねんやろ。」

「どのくらいちいさいのん？」

「身長《しんちょう》は二十センチほど。ずんぐりしてる。」

うん。たしかにちいさい。

「なにかもってる？」

槍《やり》とか剣《けん》とか、危険《きけん》なものをもっているのではないかと思《おも》ったからたずねた。おじいちゃんは反射的《はんしゃてき》にうなずいた。

「もってる。」

「なにをもってるのん？」

かさねてたずねられて、おじいちゃんはあちこち目《め》を走《はし》らせた。なにもってるかかんがえてるんやな、とぼくは思《おも》た。

「壺《つぼ》。」

と、おじいちゃんはこたえた。

「どのくらいの大《おお》きさの壺《つぼ》?」

「テーブルの上《うえ》におく、梅干《うめぼ》しがはいってる小型《こがた》の壺《つぼ》とおんなじくらい。」

流《なが》しに洗《あら》ってかわかしてある梅干《うめぼ》しの壺《つぼ》が、目《め》にとまったんやろな。

「ふうん。二十センチほどの小鬼《こおに》やから、小鬼《こおに》にしては大《おお》きい壺《つぼ》をかかえてるんやなあ。で、壺《つぼ》のなかには、なにがはいってるのん? 梅干《うめぼ》し?」

「そんなもんはいってない。からや。」

「そしたら、小鬼《こおに》、なんのために壺《つぼ》もってるのん？」

「壺《つぼ》にはなんでもいれられるねん。」

「へえ、なんでも！　梅干《うめぼ》しがはいってるくらいの大《おお》きさの壺《つぼ》に！」

ぼくがそうゆうたら、さすがになんでもはいるゆうのんは無理《むり》か、とおじいちゃんも思《おも》たらしい。

そこで、こうつけくわえた。

「いれられるけど、いれたとたんにぼわあっと燃《も》えてなくなるねん。どんな大《おお》きなもんでも、はしからいれていったら、いれたところが燃《も》えてなくなる。そやから、まあ、なんでもはいるわけや。」

おしまいのほうは、うまいことゆうたった、みた

いな顔《かお》でおじいちゃんはゆうた。

「そんでも、おじいちゃん、ひもみたいなもんやったら、はしからいれることはできるけど、家《いえ》みたいなもんやったら、はしがないやんか。」

一瞬《いっしゅん》、あ、そうか、という目《め》をしたおじいちゃんは、すぐに前《まえ》からかんがえてたみたいな顔《かお》でうなずいた。

「そこは〈小鬼《こおに》の右手《みぎて》〉や。左手《ひだりて》で壺《つぼ》をかかえたら右手《みぎて》があく。その右手《みぎて》で家《いえ》なら家《いえ》をさわると、しゅうっとひもみたいになっていく。それをはしから壺《つぼ》にいれていくわけや。」

「へえ……。すごい右手《みぎて》やなあ。」

「そら、すごい。

〈小鬼《こおに》の右手《みぎて》〉ゆうて、
この世界《せかい》では有名《ゆうめい》や。」

「どの世界《せかい》なん？」

「大鬼《おおおに》、小鬼《こおに》の世界《せかい》や。」

「そんなんあるのん？」

「ある。大鬼《おおおに》がおるから、小鬼《こおに》もおる。おんなじ鬼《おに》やから、おのずとつきあいゆうもんができて、世界《せかい》ができる。」

「世界《せかい》なあ……。」ぼくは世界《せかい》のことより、気《き》になってたことをたずねた。「だきかかえてる壺《つぼ》で、もの燃《も》やすねんやろ？　それ、熱《あつ》いんとちゃう？　小鬼《こおに》、だいじょうぶなん？」

「だいじょうぶや。だいじょうぶとはいえ、燃《も》やしたら火《ひ》ィがでて熱《あつ》い。熱《あつ》いもんやから、小鬼《こおに》は『アチチ、アチチ。』ゆうて走《はし》りまわる。ところが燃《も》やす相手《あいて》が大《おお》きいもんなら、走《はし》りまわるわけにはいかへんから、

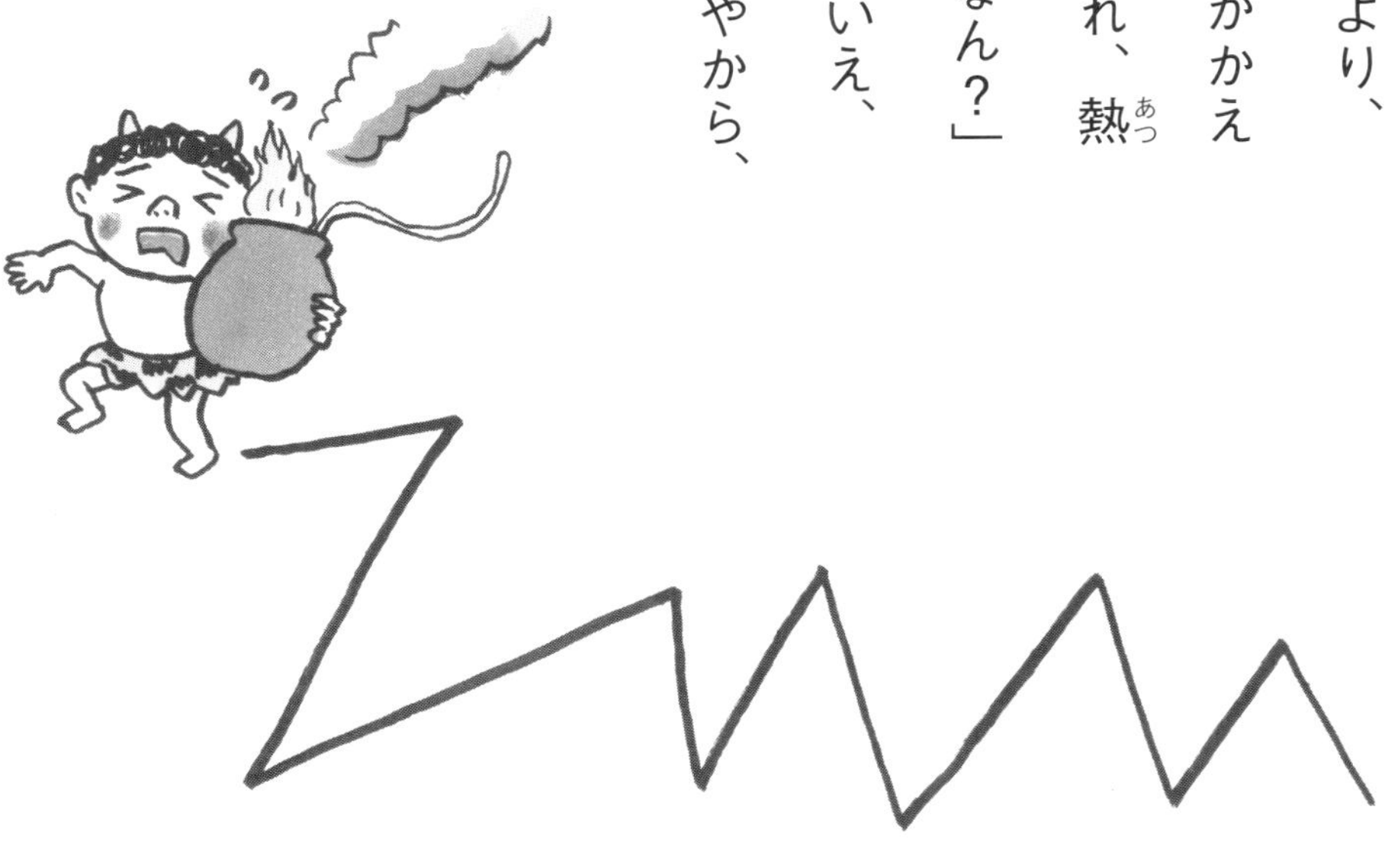

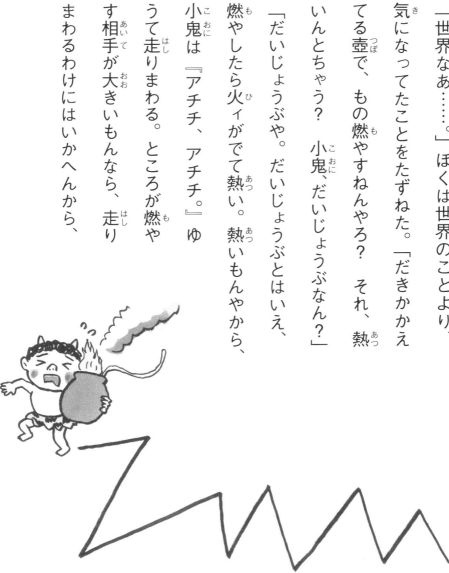

その場《ば》で、

『アチチ、アチチ。』ゆうて地団駄《じだんだ》ふみよんねん。」

「よォそんなん思《おも》いつくなあ。」

ぼくは感心《かんしん》した。おじいちゃんのでまかせには
なれてるけど、この小鬼《こおに》はすごい。

「それで、左《ひだり》のドアからつづく道《みち》では、なにとであうのん？」

ぼくはたずねた。

「うーん。左《ひだり》のドアからの道《みち》をいくと、かわいい
お姫《ひめ》さんとであう。」

と、おじいちゃんはこたえた。

ぼくはすぐにゆうた。

「左《ひだり》のドアにさせてもらうわ。」

おじいちゃんは、ためいきをついた。

「まあ、そうやろな。そうなるやろと思《おも》うけど、あんだけかんがえてもろた小鬼《こおに》、かわいそうにな。」

「小鬼《こおに》、右《みぎ》のドアをえらんでもらえると思《おも》とったかなあ。」

「そら思《おも》てたでェ。もうドアのむこうでわくわくしてたがな。そんな小鬼《こおに》には気《き》のどくやけど、先《さき》へすすもか。」

そこでおじいちゃんとぼくは、ジュースをすこし飲《の》んだ。おじいちゃんは飲《の》みながら、つづきをかんがえてるんやと思《おも》う。

「左《ひだり》のドアをあけると、森《もり》のなかを一本《いっぽん》の道《みち》がのびている。そこを歩《ある》いていくと、三叉路《さんさろ》、つまりわかれ道《みち》にでる。そのわかれ道《みち》にかわいいお姫《ひめ》さんがふとい木《き》にしばりつけられてはる。

涙《なみだ》にぬれた目《め》をあげて、

『たすけてちょうだい。』

と、いわはる。さあ、どうする?」

「そら、たすけんとあかんやろ。」

「よっしゃ、たすけよ。しばりつけられてるのんをほどいて、

『だれに、なんで、しばりつけられてはったんですか？』

ゆうてたずねたら、

『しばりつけたんは悪漢《あっかん》の一味《いちみ》ですねん。その一味《いちみ》がお城《しろ》からわたしを誘拐《ゆうかい》しましたん。それ、ききつけたわるい大鬼《おおおに》が、悪漢《あっかん》をおどして、わたしをよこせ、このわかれ道《みち》にわたしをしばりつけとけ、ゆうたんです。
わるい大鬼《おおおに》ゆうたら、悪漢《あっかん》よりももっとわるうて、
みんな、ひどい目《め》におうてますすねん。いまから
その大鬼《おおおに》が、わたしをうけとりにくるとこでしてん。』
ていいはるんや。
『それで、この右《みぎ》と左《ひだり》の、どっちの道《みち》から
わるい大鬼《おおおに》はくるんですか。』
ゆうておまえがたずねると、
『こっちやと思《おも》います。』
と、左《ひだり》の道《みち》を指《ゆび》さすんやが、おまえ、どっちの道《みち》へいく？」

「そら、わるい大鬼《おおおに》のくるほうは
いややから、右《みぎ》の道《みち》へいく。」
「まあ、そうやろなあ。
右《みぎ》の道《みち》をふたりで走《はし》っていくと、
むこうからドスン、ドスンと地響《じひび》きがきこえてくる。
『あ、わるい大鬼《おおおに》がやってくる！』
と、お姫《ひめ》さん。
『なんでこっちからわるい大鬼《おおおに》が？』
ゆうてたずねたら、
『すんません、わたし、方向音痴《ほうこうおんち》ですねん。』」

そんなあほな、とぼくは思《おも》た。

「さあ、まっすぐいくか、ひきかえすか？」

「そんなん、ひきかえすにきまってるやんか。」

「そらそうやな。あわててふたりはひきかえす。さっきの三叉《さんさ》路《ろ》のところをちがうほうの道《みち》へまがる。必死《ひっし》になって走《はし》るうしろから、ドスン、ドスンとわるい大鬼《おおおに》の足音《あしおと》。ハアハアいいながら走《はし》っていくと、道《みち》が、もう一本《ぽん》の道《みち》と交差《こうさ》してるところ、十字路《じゅうじろ》にでた。すすむ方向《ほうこう》は三つある。右《みぎ》へいくか、まっすぐいくか、左《ひだり》にまがるか。」

「ヒントは?」

「ヒント?　ありまんがな、道《みち》しるべ、標識《ひょうしき》が。

右《みぎ》は人食《ひとく》いワニ、まっすぐは人食《ひとく》いオオカミ、
左《ひだり》は壺《つぼ》をもった小鬼《こおに》。どや。」

「それ、さっきの小鬼《こおに》?」

「そや、さっきの小鬼《こおに》。」

「また、でてきたん?」

「敗者復活戦《はいしゃふっかつせん》や。」

「ハイシャフッカツセン?」

「いっぺん負《ま》けたけど、

もういっぺん挑戦《ちょうせん》できる戦《たたか》いのこっちゃ。」

せっかくつくったキャラクターやから、登場《とうじょう》させとうてたまらんねんなあ。

「わかった、わかった。人食《ひとく》いワニや人食《ひとく》いオオカミより、小鬼《こおに》がましな気《き》ィするから、左《ひだり》の道《みち》にしとくわ。」

「ふたりで左《ひだり》の道《みち》を走《はし》っていくと、壺《つぼ》をもった小鬼《こおに》が、道《みち》のまんなかでニコニコして待《ま》っとる。」

おじいちゃんもニコニコしてそうゆうた。

「『ようえらんでくれはりました。なに燃《も》やしまひょ。』

と、壺《つぼ》をもった小鬼《こおに》はゆうた。

さあ、なに燃《も》やす？」

「そら、うしろから追《お》いかけてくるわるい大鬼《おおおに》を……。」

そこまでゆうて、ぼくはちょっとかんがえた。わるい大鬼《おおおに》、ゆうけど、それ、ほんまにわるいんやろか。燃《も》やしてしまうほど、わるいんやろか。そこで、ぼくはこうゆ

うた。

「そのわるい大鬼《おおおに》の〈わるい〉ゆうとこだけを、燃《も》やしてもろたらありがたいなあ。」

おじいちゃんは、ほお、という顔《かお》でぼくをみた。それから、うなずいて話《はなし》をつづけた。

「『合点承知《がってんしょうち》。おまかせあれ。おふたりはそのへんの木《き》のうしろにでも、かくれといておくんなはれ。』

と、小鬼《こおに》がゆうてくれたから、ふたりは大《おお》きな木《き》のかげにかくれる。

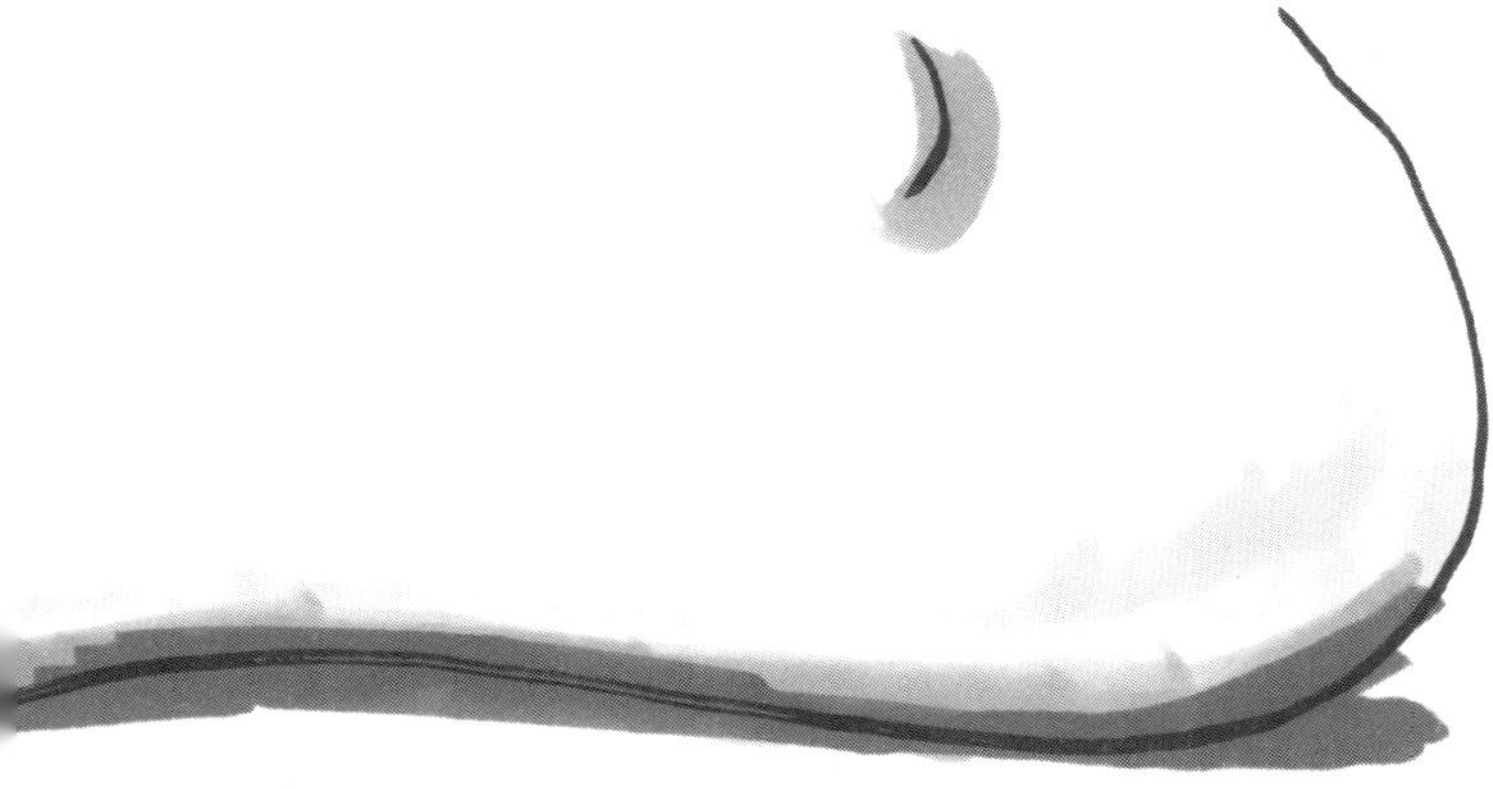

するとドスン、ドスンとわるい大鬼《おおおに》がやってくる。これは大《おお》きい。二階建《にかいだ》ての家《うち》ぐらいはある。

『ちょっと、待《ま》ってもらいまひょか。』

と、片手《かたて》をつきだし、小鬼《こおに》がいう。

『なんじゃい。わしはお姫《ひめ》さんをさがしとるんじゃ。じゃまするやつは、ふみつぶしたるさかいに、そう思《おも》え。』

と、いいながら、大鬼《おおおに》が片足《かたあし》をふりあげる。

お姫《ひめ》さんのことでよろこびすぎて、その世《せ》

界《かい》では有名《ゆうめい》な〈小鬼《こおに》の右手《みぎて》〉のこと、わすれてたんや。

大鬼《おおおに》が片足《かたあし》ふりあげたその瞬間《しゅんかん》、小鬼《こおに》はもういっぽうの足《あし》もとに走《はし》りより、そのつま先《さき》、足《あし》の親指《おやゆび》のところにひょいと右手《みぎて》をやり、もむようにする。そしたら、つま先《さき》から、赤黒《あかぐろ》いひもみたいな〈わるい〉が、しゅうっとでてくる。小鬼《こおに》はそれをつかんで壺《つぼ》のなかにほうりこむ。たちまちそれは燃《も》えあがる。ひもみたいな〈わるい〉はしゅるしゅるしゅるしゅるでてくる。小鬼《こおに》はそれをつかんでは壺《つぼ》のなかへ、つかんでは壺《つぼ》のなかへ。火《ひ》はぼうぼうと燃《も》えさかり、小鬼《こおに》は熱《あつ》いもんやから、

『アチチ、アチチ……。』

と、地団駄《じだんだ》をふむ。

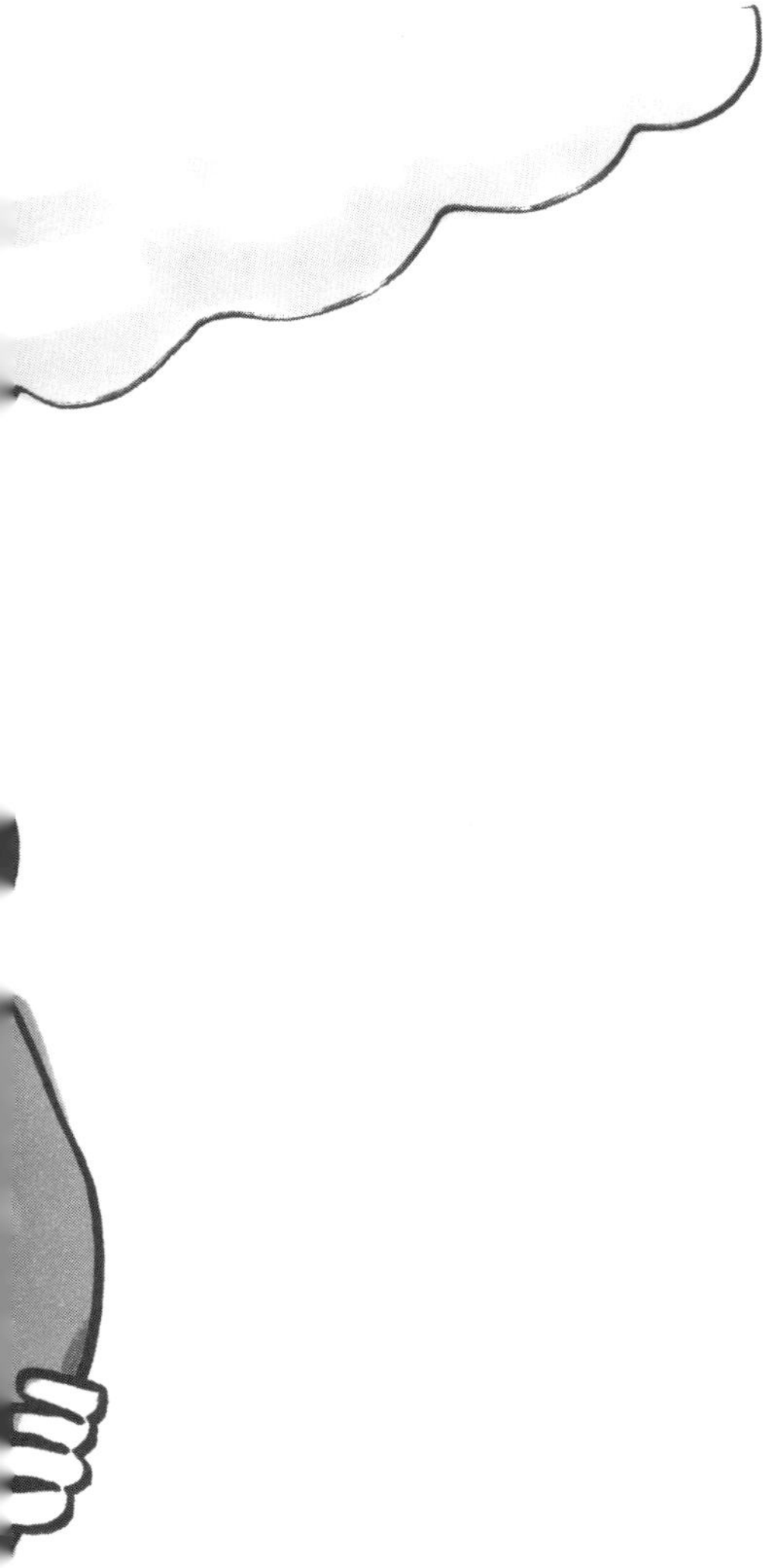

あっというまのことのようにも、
五、六分間《ぷんかん》のことのようにも
思《おも》えたんやが、気《き》がつくと、
さっきよりひとまわりちいさくなっ
たようにみえる。それでも大《おお》きい大鬼《おおおに》は、
『なんでわしはこんなとこにいてるんやろか。』
と、夢《ゆめ》からさめたような顔《かお》をして、あげたままやった片足《かたあし》をそ
うっとおろした。
さあ、この大鬼《おおおに》に、なんかゆうたってくれるか。」
うーん、とぼくはかんがえて、

「いくとこなかったら、いっしょにくるか？」

と、ゆうた。

「なるほどなあ。」

おじいちゃんはうなずいてつづけた。

「『ほかに、燃《も》やすもん、ありまへんか？』

と、小鬼《こおに》がゆうた。

「なんか、あるか？」

と、おじいちゃんがゆうから、ぼくはうなずいた。

「人食《ひとく》いワニと人食《ひとく》いオオカミの〈人食《ひとく》い〉ゆうところを燃《も》やしてくれたらうれしい。それから悪漢《あっかん》の一味《いちみ》の〈悪《あく》〉ゆうところも燃《も》やしてほしい。」

「『合点承知《がってんしょうち》。』」と、小鬼《こおに》はゆうた。

そのあと、ワニとオオカミ、悪漢《あっかん》の一味《いちみ》を、大鬼《おおおに》がおさえこんでるあいだに、小鬼《こおに》が〈人食《ひとく》

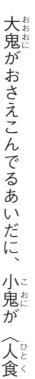

い〉と〈悪《あく》〉を燃《も》やして、ふつうのワニとふつうのオオカミ、なかのいい友《とも》だちにかえてしもた。

それからみんなでお城《しろ》にかえることになったけど、方向音痴《ほうこうおんち》のお姫《ひめ》さんの案内《あんない》やったから、これがなかなかお城《しろ》にはたどりつけなんだ——。ゆう話《はなし》や。いや、こないにうまいこと話《はなし》がまとまるとは思《おも》わなんだ。それというのもおまえのおかげ……。

待《ま》てよ、おまえ、この話《はなし》、知《し》ってたんか？」

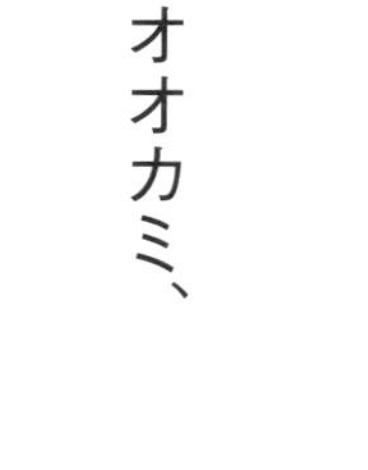

「知《し》らんがな。」

ゆうてしもた。

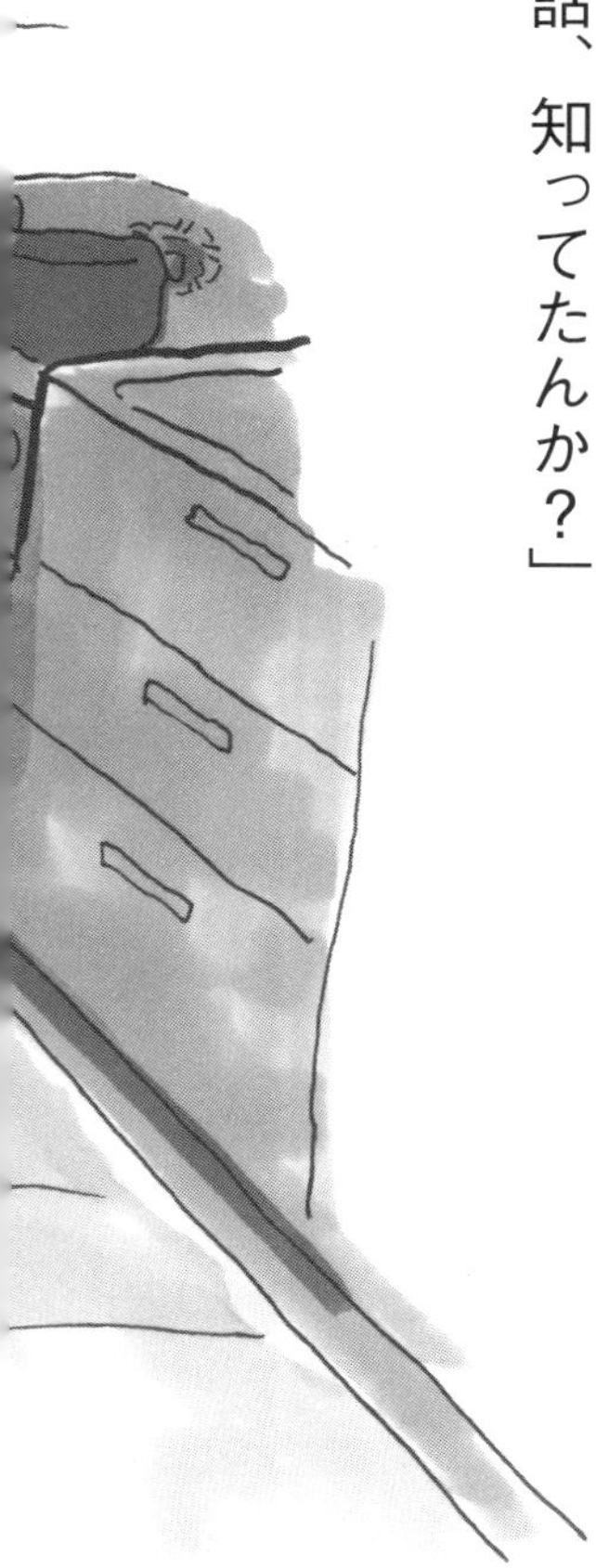

人食いワニ
人食いワニ
小鬼
小鬼
スタート

姫
大鬼
人食いオオカミ
カレー専門店
ガンジスのほとり

作者：岡田 淳（おかだ じゅん）
1947年、兵庫県に生まれる。神戸大学教育学部美術科卒業。図工専任教師として小学校に38年間勤務。その間から斬新なファンタジーの手法で独自の世界を描く。『放課後の時間割』（日本児童文学者協会新人賞）『学校ウサギをつかまえろ』（同協会賞）『雨やどりはすべり台の下で』（サンケイ児童出版文化賞）『扉のむこうの物語』（赤い鳥文学賞）「こそあどの森」シリーズ（野間児童文芸賞）『びりっかすの神さま』（路傍の石幼少年文学賞）『願いのかなうまがり角』（産経児童出版文化賞フジテレビ賞）等受賞作も多い。ほかに『二分間の冒険』『ふしぎの時間割』『竜退治の騎士になる方法』『選ばなかった冒険』『そこから逃げだす魔法のことば』『きかせたがりやの魔女』など多数。現在はカメレオンのレオンが登場する連作を発表。

画家：田中六大（たなか ろくだい）
1980年、東京に生まれる。多摩美術大学大学院美術研究科絵画専攻版画コース修了。2005年に第5回『ますむらひろしコミック大賞』受賞。2006年にモーニング第20回MANGA OPEN奨励賞、第50回ちばてつや賞佳作。マンガ作品に『クッキー缶の街めぐり』さし絵作品に『ひらけ！なんきんまめ』『願いのかなうまがり角』『そこから逃げだす魔法のことば』などがある。

◎初出一覧
「サキザキくんの特技」神戸新聞2014年　「たのまれたら」神戸新聞2015年
「ゆでたまごのあくび」神戸新聞2016年　「ウミンバの指輪」神戸新聞2017年
「アチチの小鬼」『飛ぶ教室』光村図書2016年「どっちの道」を改題

アチチの小鬼《こおに》

2018年10月　初版第1刷

作　者：岡田 淳
画　家：田中六大
発行者：今村正樹
発行所：株式会社偕成社　http://www.kaiseisha.co.jp/
〒162-8450 東京都新宿区市谷砂土原町 3-5
TEL：03-3260-3221（販売）03-3260-3229（編集）

印刷所：中央精版印刷株式会社　小宮山印刷株式会社
製本所：株式会社常川製本
装幀：渋川育由　　本文デザイン：田中明美

NDC913　偕成社144P.　22cm　ISBN978-4-03-530740-2 C8393

本のご注文は電話・ファックスまたはEメールでお受けしています。
TEL：03-3260-3221　FAX：03-3260-3222　e-mail：sales@kaiseisha.co.jp
落丁本・乱丁本はお取りかえします。

岡田淳の本
ファンタジーの森で

★**ムンジャクンジュは毛虫じゃない**
クロヤマの頂上で見つけたふしぎな生物は、花を食べるのが大好きだった。

◆日本児童文学者協会新人賞
★**放課後の時間割**
人間のことばを話す学校ネズミがそっと話してくれたふしぎな話14話。

★**ようこそ、おまけの時間に**
賢《けん》が毎日連続して見る夢の世界では、だれもがイバラの中にとじこめられていた。

◆サンケイ児童出版文化賞
★**雨やどりはすべり台の下で**　伊勢英子・絵
雨森《あまもり》さんて魔法使いなの？　子どもたちが語るふしぎな雨森さんとの出会い。

★**リクエストは星の話**
夜空に輝く星だけが星じゃない。もっとステキな星があることを知ってますか？

◆うつのみやこども賞
★**二分間の冒険**　太田大八・絵
黒猫との約束で、悟《さとる》はおそろしい竜のすむ世界で、思いがけない冒険をする。

◆日本児童文学者協会協会賞
学校ウサギをつかまえろ
転校生のにがしてしまったウサギを追ううち、四年生六人の心がひとつになった。

岡田淳の本
ファンタジーの森で

◆路傍の石幼少年文学賞

★びりっかすの神さま

ビリになった人にだけ見えるという神さまがあらわれクラスは騒然。

★ポアンアンのにおい

大ガエルのポアンアンは、生き物をつぎつぎシャボン玉にとじこめた。

★手にえがかれた物語

手に絵をかいて、願いごとのかなうリンゴとは…。おじさんと理子《りこ》と季夫《ときお》の願い。

★選ばなかった冒険 ―光の石の伝説―

学《まなぶ》とあかりが迷《まよ》いこんだのは、なぞのＲＰＧゲーム〈光の石の伝説〉の世界だった。

ふしぎの時間割

朝の登校時から放課後の学校までふしぎな物語ばかり10話。

竜退治の騎士になる方法

その男はジェラルドと名のり、自分は竜退治の騎士だと関西弁でいいだした。

フングリコングリ ―図工室のおはなし会―

図工室をおとずれるふしぎなお客に話すふしぎなお話。

きかせたがりやの魔女 はたこうしろう・絵

引退した魔女からきいた学校に住む魔女と魔法使いのお話。

★は偕成社文庫にも収録されています。

岡田淳の本
ファンタジーの森で

桜若葉小学校

桜若葉小学校には、サクラワカバ島に通じる秘密の通路があった。

カメレオンのレオン ―つぎつぎとへんなこと―

カメレオンのレオン **小学校の秘密の通路**

夜の小学校で

森の石と空飛ぶ船

ぼくとおじいちゃん

おじいちゃんがぼくに語るふしぎなお話。

願いのかなうまがり角 田中六大・絵

雲の上へいった話　毎日の冒険　おっきいサカナ　おじいちゃんの玉入れ

雪の恩がえし　チョコレートがいっぱい　願いのかなうまがり角　（7話）

そこから逃げだす魔法のことば 田中六大・絵

そこから逃げだす魔法のことば　おじいちゃんの打ち出の小槌

安全ピンつきの大冒険　めちゃめちゃようみえる目

しゃべるカラス　雨女　（6話）

アチチの小鬼 田中六大・絵

サキザキくんの特技　たのまれたら　ゆでたまごのあくび　ウミンバの指輪

アチチの小鬼　（5話）